奎文萃珍

四聲猿

[明] 徐渭 撰

文物出版社

圖書在版編目（CIP）數據

四聲猿 / (明) 徐渭撰. -- 北京 : 文物出版社, 2022.7
（奎文萃珍 / 鄧占平主編）
ISBN 978-7-5010-7424-2

Ⅰ. ①四… Ⅱ. ①徐… Ⅲ. ①雜劇 – 劇本 – 作品集 – 中國 – 明代 Ⅳ. ①I237.1

中國版本圖書館CIP數據核字(2022)第017934號

奎文萃珍
四聲猿 〔明〕徐渭 撰

主　　編：鄧占平
策　　劃：尚論聰　楊麗麗
責任編輯：李子裔
責任印製：蘇　林

出版發行：文物出版社
社　　址：北京市東直門内北小街2號樓
郵　　編：100007
網　　址：http://www.wenwu.com
郵　　箱：web@wenwu.com
經　　銷：新華書店
印　　刷：藝堂印刷（天津）有限公司
開　　本：710mm × 1000mm　1/16
印　　張：10.75
版　　次：2022年7月第1版
印　　次：2022年7月第1次印刷
書　　號：ISBN 978-7-5010-7424-2
定　　價：80.00圓

序言

《四聲猿》不分卷，明徐渭撰，明袁宏道評點。明萬曆四十二年（一六一四）鍾人杰刻《徐文長文集》附刻本。

徐渭（一五二一—一五九三），字文長，又字天池，號青藤道人、天池生、天池山人、山陰布衣等。紹興府山陰（今浙江紹興）人。天才超逸，詩文、戲曲、書畫皆工，而一生坎坷。二十歲中秀才，而後鄉試屢試不第。三十七歲時，入閩浙胡宗憲幕府，掌文書，獻計擒海盜徐海，誘汪直。嘉靖四十一年（一五六二）胡宗憲被劾下獄，徐渭懼禍發狂自戕未遂。又以殺繼妻論死，被囚七年，得張元忭營救而免。後游南北，慷慨悲歌。晚年貧病以終。著有《徐文長文集》《筆元要旨》《路史分釋》，雜劇有《四聲猿》《歌代嘯》。

《四聲猿》爲雜劇劇本集，系由《狂鼓史漁陽三弄》《玉禪師翠鄉一夢》《雌木蘭替父從軍》《女狀元辭凰得鳳》四部短劇組成。《狂鼓史》寫東漢名士禰衡含恨死後，其冤魂在陰府判官面前，面對曹操的亡魂再次擊鼓罵曹，歷數曹操斑斑罪惡。《玉禪師》寫臨安府新任府尹柳宣教因玉通和尚未來拜謁，心生詭計，暗命官妓紅蓮誘使玉通和尚破了淫戒。玉通和尚爲了報復，遂轉世投胎爲柳宣教之女柳翠。柳翠成人後淪落爲妓女，月明和尚知曉其前身所爲，乃超度其重新皈依佛門。《雌木蘭》系依據北朝樂府民歌《木蘭辭》所作，講述北魏女子花木蘭，女扮男裝，替父從軍十二載，于建功立業後，回歸女兒身，嫁于王郎。《女狀元》講述五代時黃崇嘏女扮男裝，一舉考中狀元，爲時任丞相周庠所賞識，意欲招贅爲婿。黃崇嘏迫不得已，遂將真情道出。周庠大爲驚奇，便納她做了兒媳。

此集取名《四聲猿》，蓋因猿聲凄厲，古人多藉以寫人生悲情。顧公燮《消夏閑記》云：『蓋猿喪子，啼四聲而腸斷，文長有感而發焉，皆不得意于時之所爲也。』鍾人杰《四聲猿引》云：『文長終老縫掖，蹈死獄，負奇窮，不可遏滅之氣，得此四劇而少舒。所謂峽猿啼夜，聲寒神泣，嬉笑怒罵也。』

在形式方面，《四聲猿》打破了元雜劇一本四折、曲辭純用北曲的固定體制。四個短劇長短不等，短的《漁陽弄》僅一折，長的《女狀元》有五折。《女狀元》全用南曲，其他三劇，則全用北曲。《四聲猿》語言上流暢優美，曲詞賓白感情充沛。王驥德評《四聲猿》云：『高華爽俊，濃麗奇偉，無所不有，稱詞人極則，追躅元人。』（《曲律》卷四）鄭振鐸《西諦書跋》云：『明人劇曲，以《牡丹亭》及《四聲猿》傳刻最盛。』

傅惜華《明代雜劇全目》著録《四聲猿》版本近十種。今所見《四聲猿》版本主要有：明萬曆十六年（一五八八）龍峰徐氏本、萬曆間署名『天池生』刻本、明萬曆二十八年（一六〇〇）

商維濬刻《徐文長三集》附刻本、明萬曆四十二年鍾人杰刻《徐文長文集》附刻本（即袁宏道評點本）、明崇禎間延閣刻本、明崇禎間澂道人評本、明崇禎間刻《盛明雜劇》本、民國間暖紅室校刻本。諸本中袁宏道評點本頗爲盛行，翻刻亦夥。此據鍾人杰原刻本影印。

楊健
二〇二二年四月

四聲猿引

徐文長牢騷骯髒士當其喜怒窘窮怨恨思慕酣醉無聊有動於中一一於詩文發之第文規詩律終不可逸轡旁出于是調

詼褻慢之詞入樂府而始盡所爲四聲猿漁陽鼓快吻于九泉翠鄉淫毒憤於再世木蘭春桃以一女子而銘絕塞標金閨皆人生至奇至快之事使世界駭

咤震動者也文長終老縫掖蹈
死獄覓奇窮不可遏滅之氣得
此四劇而少舒所謂峽猿啼夜
聲寒神泣嬉笑怒罵也歌舞戰
鬬也遼之九旭之書也腐史之

列傳放臣之離騷也顧其詞風
流則脫巾嘯傲感慨則登樓悵
望幽幻則塚土荒魂刻畫則地
獄變相較之漢卿實甫作喁喁
兒女語者何啻千里袁中郎先

生未識文長名見四劇驚嘆以爲異人海内始知有文長此太玄之於桓譚也予因得中郎所點評者圖而行之或謂點評詞受其妍媸不礙板乎圖奚爲圖

以發劇之意氣也北拍在絃而
不在板予固審所從矣

錢塘鍾人傑瑞先撰

四聲猿目錄

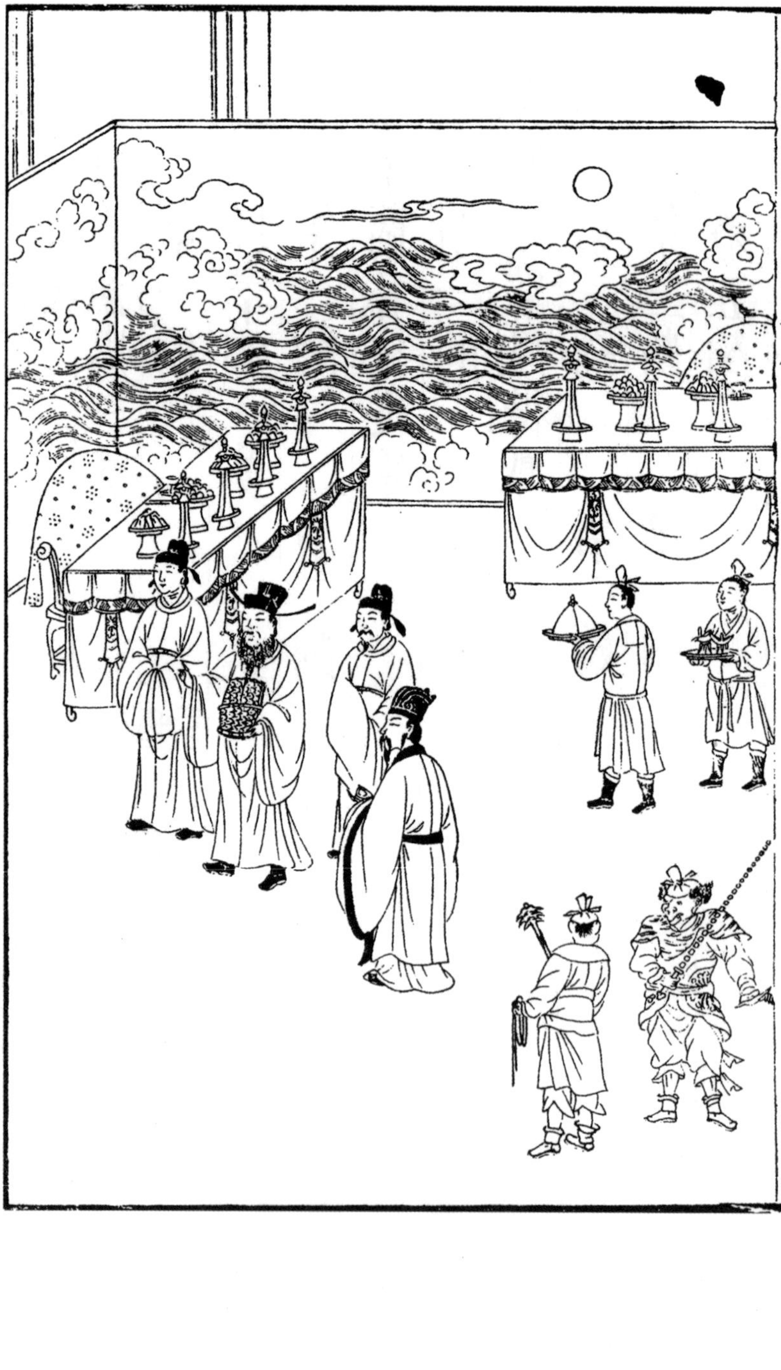

漁陽意氣

暮雨扣门

秋風雁塞

四聲猿

四

玉樓春色
古歙汪修画

徐文長四聲猿

公安袁宏道中郎評點

總目

狂鼓史漁陽三弄

語氣雄越擊壺和筑同此悲歌

（外扮判官引鬼上）喒這裡筭子忒明白善惡到頭來撒不得賴就如那少債的會躲也躲不得幾多時却從來沒有不還的債喒家姓察名幽字能平別號火

珠道人平生以善斷持公在第五殿閻羅天子殿下做一箇明白灑落的好判官當日禰正平先生與曹操老瞞對訐那一宗案卷是咱家所掌俺殿主向來以禰先生氣槩超羣才華出衆凡一應文字皆屬他起草待以上賓昨日晚衙殿主對咱家說上帝舊用一夥修文郎並皆遷次別用今擬召劫滿應補之人禰生亦在數中汝可預備裝送之資萬一來召不得有誤時刻我想起來當時曹瞞召客令禰生奏鼓爲歡却被他橫睛裸體掉板掀搥翻古調作漁陽三弄

借狂發憤推啞粧聾數落得他一箇有地皮沒躲閃此乃豈不是踢弄乾坤提大傀儡的一場奇觀他如今不久要上天去了俺待要請將他來一併放出曹瞞把舊日罵座的情狀兩下裡演述一番留在陰司中做箇千古的話靶又見得善惡到頭就是少債還債一般有何不可手下與我請過禰先生就一面放出曹操并他舊使喚的一兩箇人在左壁廂伺候指揮（鬼領台旨下）引生扮禰淨扮曹從二人上（曹從留左邊）（鬼稟上爺禰先生請到了）相見介禰上座判下

陪云先生當日借打鼓罵曹操此乃天下大奇下官
雖從鞫問時左證得聞一二終以未曾親覩爲歎判
立云又一件而今恭喜先生爲上帝所知有請召修
文的消息不久當行而此事缺然終爲一生耿耿這
一件尚是小事陰司僚屬併那些諸鬼衆傳流激勸
更是少此一樁不可下官斗膽敢請先生權做舊日
行逕把曹操也扮做舊日規模演述那舊日罵座的
光景了此夙願先生意下如何禰這箇有何不可只
是一件小生罵座之時那曹瞞罪惡尚未如此之多

駡將來冷淡寂寥不甚好聽今日要駡呵須直搗到銅雀臺分香賣履方痛快人心（判）更妙更妙手下帶曹操與他的從人過來曹操今日要你仍舊扮做丞相與禰先生演述舊日打鼓駡座那一樁事你若是喬做那等小心畏懼藏過了那狠惡的模樣手下就與他一百鐵鞭再從頭做起（曹衆扮介）（禰判）翁大人你一向謙厚必不肯坐觀就不成一場戲耍當日駡座原有賓客在座今日就權屈大人爲曹瞞之賓坐以觀之方成一箇體面（判）這也見教得是（揖云）先生

告罪却斗膽了也（判左曹右舉酒坐禰以常衣進前將鼓）（曹喝云）野生你爲鼓史自有本等服色怎麼不穿快換（校喝云）還不快換（禰脫舊衣裸體向曹立校喝云）禽獸丞相跟前可是你裸體赤身的所在却不道驢膫子朝東馬膫子朝西（禰）你那顙丞相膫子朝南我的膫子朝北（校喝云）還不換上衣服買甚麼嘴（禰換錦巾繡服扁絛介）

【點絳唇】俺本是避亂辭家遨遊許下登樓罷回首天涯不想道屈身軀扒出他們胯

【混江龍】他那裡開筵下榻，教俺操槌按板把鼓來撾。正好俺借槌來打落，又合着鳴鼓攻他。俺這罵一句句鋒鋩飛劍戟，俺這鼓一聲聲霹靂捲風沙。曹操，這皮是你身兒上軀殼，這槌是你肘兒下肋巴，這釘孔兒是你心窩裏毛竅，這板仗兒是你嘴兒上獠牙。兩頭蒙總打得你潑皮穿，一時間也酹不盡你虧心大。且從頭數起，洗耳聽咱（音查自己稱呼）。【鼓一通】

【曹】狂生，我教你打鼓，你怎麽指東話西，將人比畜？我這裡銅槌鐵刃好不利害，你仔細你那舌頭和那牙齒。【判】這生果是無禮

【禰】

【油葫蘆】第一來逼獻帝遷都又將伏后來殺使郗慮去拿唉可憐那九重天子救不得一渾家（痛語）帝道后少不得你先行咱也只在目下更有那兩箇兒又不是別樹上花都總是姓劉的親骨血在宮中長大却怎生把龍雛鳳種做一甕鮓魚蝦【鼓一通】【曹】說着我那一椿事了【禰】

【天下樂】有一箇董貴人是漢天子第二位美嬌娃他該甚麼刑罰你差也不差他肚子裏又懷着兩三月

小哇哇既殺了他的娘又連着胞一搭把娘兒們兩口砍做血蝦蟆(鼓一通)(曹)狂生自古道風來樹動人害虎虎也要害人伏后與董承等陰謀害俺我故有此舉終不然是俺先懷歹意害他(判)丞相說得是禰你也想着他們要害你爲着甚麽來你把漢天子逼遷來許昌禁得就是這裡的鬼一般要穿沒有要喫沒有要使用的沒有要傳三指大一塊紙條兒也沒得禮他你又先殺了董貴人他們極了不謀你待幾時你且說就是天子無故要殺一箇臣下那臣下

可好就去當面一把手揪將他媽媽過來一刀就砍
做兩段世上可有這等事麼〔判〕這又是狂生說得有
理且請一杯解嘲〔禰〕
〔那吒令〕他若討喫麼你與他幾塊歪刺他若討穿麼
你與他一疋縈麻他有時傳旨麼教鬼來與拿是否
人也動心總痴人也害怕羊也咬人家〔鼓一通〕〔判〕丞
相這却說他不過〔曹〕說得他過我倒不到這田地了
〔禰〕
〔鵲踏枝〕袁公那兩家不留他片甲劉琮那一答又遏

他來獻納那孫權呵幾遍幾乎玄德呵兩遍價搶他媽媽是處兒城空戰馬逝年來尸滿啼鴉（鼓一通）曹大人那時節亂紛紛非只我曹操一人如此（判）這箇俺陰司各衙門也都有案卷（禰）

寄生草仗威風只自假進官爵不由他一箇女孩兒竟坐中宮駕騎中郎直做了侯王霸銅雀臺直把那雲煙架僭車旗直按倒朝廷跨在當時險奪了玉皇尊到如今還使得閻羅怕（鼓一通）（判）低聲分付小鬼令扮女樂鼓吹介（判）丞相女兒嫁做皇后造房子大

了些這還較不妨打鼓的且停了鼓俺聞得丞相有
好女樂請出來勞一勞〔曹〕這是往事如今那裡討判
你莫管叫就有只要你好生縱放着使用他〔曹〕領台
命分付手下叫我那女樂出來〔二女持烏悲詞樂器
上〕〔曹〕你兩人今日却要自造一箇小令好生彈唱着
勸俺們三杯酒〔禰對曹踢地坐介〕〔女唱〕
那里妙甚一箇大鷓鴣呀一箇低都呀一箇低都變一箇
花豬低打都打低都唱鷓鴣呀一箇低都呀一箇低
都唱得好時猶自可呀一箇低都呀一箇低都不好

之時低打都打低低都喚王屠呀一箇低都呀一箇低

都（曹）怎說喚王屠（女）王屠殺猪（進）判酒又一女唱

丞相做事大心欺呀一箇蹺蹊呀一箇蹺蹊引惹得

旁人蹺打蹊打蹺蹊說是非呀一箇蹺蹊呀一箇蹺

蹊雪隱鷺鷥飛始見呀一箇蹺蹊呀一箇蹺蹊柳藏

鸚鵡蹺打蹊打蹺蹊語方知呀一箇蹺蹊呀一箇蹺

蹊（曹）這兩句是舊話（女）雖是舊話却貼題（曹）這妮子

朝外叫（女）也是道其實我先首免罪（進）曹酒一女又

唱

抹粉搽脂只一會而紅呀一箇冬烘呀一箇冬烘(又一女唱)報恩結怨烘打冬打冬烘落花的風呀一箇冬烘呀一箇冬烘(二女合唱)萬事不由人計較呀一箇冬烘呀一箇冬烘算來都是烘打冬打冬烘一場空呀一箇冬烘呀一箇冬烘(二女各進酒)(判)這一曲纔妙合着喒們天機(曹)女樂且退我倦了(判笑介)(禰起立云)你倦了我的鼓兒罵兒可還不了

(六幺序)哄他人口似蜜害賢良只當耍把一箇楊德祖立斷在轅門下磣可可血唬零喇孔先生是丹鼎

靈砂月邸金蟆偃觀瓊花易奇而法詩正而葩他兩
人嫌隙於你只有針尖大大不過是口嘮噪有甚爭差
一箇爲忒聰明參透了雞肋話一箇則是一言不洽
都雙雙命掩黃沙（鼓一通）（判）丞相這一椿卻去不得
（曹）俺醉了要睡了（打頓介）（判）手下採將下去與他一
百鐵鞭再從頭做起（曹慌介云）我醒我醒（判）你纔省
得里（爾）

（么）哎我的根芽也沒大兜搭都則爲文字兒奇拔氣
槩兒豪達拜帖兒長拿沒處兒投納繡斧金檛東閣

西華世不曾挂齒沾牙唉那孔北海沒來由也說有些緣法送在他家井底蝦蟆也一言不洽怒氣相加早難道投機少話因此上暗藏刀把我送與黃江夏又逢着鸚鵡撩咱彩毫端滿紙高聲價競躬身持觴勸酒俺擲筆還未了杯茶鼓一通判這禍從這上頭起咳仔細鸚鵡賦害事禰

青哥兒日影移窗櫺窗櫺一鋪賦草擲金聲金聲一下黃祖的心腸忒狠辣陡起鱗甲放出槎枒香怕風刮粉惟娼搽士忌才華女妬嬌娃昨日菩薩項刻羅

剎哎可憐俺禰衡的頭呵似秋盡壺瓜斷藤無計再生發霜簷挂（鼓一通）（判）這賊元來這每巧弄了這生（曹）大人這也聽他不得俺前日也是屈招的（判）這般說這生的頭也是自家掉下來的（曹）禰的爺饒了罷麼（判）還要這等虛小心手下鐵鞭在那裡（曹慌作怒介）狂生俺也有好處來俺下令求賢讓還三州縣也埋沒了俺禰

（寄生草）你很求賢爲自家讓三州直甚麼大缸中去幾粒芝蔴罷饞猫哭一會慈悲詐饑鷹饒半截肝腸

挂兒屠放片刻豬羊假你如今還要哄誰人就還鬼
敁不過精油滑（鼓一通）（判）痛快痛快大杯來一杯先
生儘着說（禰）
葫蘆草混你害生靈呵有百萬來的還添上七八。殺
公卿呵那裡查借厫倉的大斗來斛芝蘇惡心肝生
就在刀鎗上挂狠規模描不出丹青的畫狡機關我
也拈不盡倉猝里罵。曹操你怎生不再來牽犬上東
門閒聽唳鶴華亭（快）壩（部）。却出乖弄醜帶鎖披枷。（鼓一通）
（判）老瞞就教你自家處此也饒自家不過了先生儘

着說禰

賺煞你造銅雀要鎖二喬誰想道夢巫峽羞殺靠赤壁那火燒一把你臨死時和些歪剌們活離別又責履分香待怎麼虧你不害羞初一十五教望着西陵月月的哭他不想這些歪剌們呵帶衣麻就摟別家曹操你自說麼且休提你一世的賢達只臨了這一樁呵也該幾管筆題跋（妙）咳俺且饒你罷爭奈我漁陽三弄的鼓槌兒乏末扮閻羅鬼使上判手下快把曹操等收監鬼禀上老爹玉帝差人召禰先生殿主爺

說刻限甚急教老爹這里遲自厚貲遠餞記在殿主
爺的支應簿上爺呵會勘事忙不得親送教老爹多
上覆先生他日朝天自當謝過〔判〕知道了你自去回
話〔鬼應下〕〔判〕叫掌簿的快備第一號的金帛與餞送
果酒伺候〔內應介〕〔小生扮童旦扮女捧書節上云〕漢
陽江草揺春日天帝親聞鸚鵡筆可知昨夜玉樓成
不用隴西李長吉咱兩人奉玉帝符命到此召請禰
衡不免逕入宣旨那一箇是第五殿判官〔判跪介〕玉
帝有旨召禰衡先生你請他過來待俺好宣旨〔禰同

判跪二使付書介禰先生上帝有旨召你你可受了這符冊自看臨到却要拜還就此起行不得有違時刻

童唱

【耍孩兒】文章自古眞無價。動天廷玉皇親迓。飛舄降鶴踏紅霞。請先生即便登遐修葺了舊銜螭首黃金閣。准辦着新鮮麟羔白玉叉。倒瓊漿三奏鈞天罷校書郎侍玉京香案支機女倚銀漢仙槎內作細樂女

唱

【三煞】禰先生你挾鴻名懶去投。賦鸚哥點不加。文光

直透俺三台下竒禽瑞獸雖嘉兆倚馬雕龍却禍芽

（禰）先生誰似你這般前凶後吉這好花樣誰能搨待

棗兒甜口巳橄欖酸牙（禰）

（二煞）向天門漸不遥辭地主痛愈加幾時再得陪清話歎風波滿獄君爲主巳後呵儻毬裘馬朝天我即家

小生有一句說話（判）願聞（禰）大包容饒了曹瞞罷奇快（判）這箇可憑下官不得（禰）我想眼前業景盡雨後春花

（判）

（一煞）諒先生本太山如電目一似瞎俺此後呵掃清

齋圖一幅尊容挂你那里飛仙作隊遊春圖。（說至此愧殺老瞞）俺這里押鬼成羣鬧晚衙。怎再得邀文駕。又一件儻三彭誣枉望一筆塗抹。這里已到陰陽交界之處下官不敢越境再送（禰）就請回（判）俺殿主有薄贐令下官奉上伏望俯納下官自有一箇小果酒也要仰屈三杯表一向侍教的薄意（禰）小生叨向天廷要贐物何用仰煩帶回多多拜上殿主攜榼該領却不敢稽留天使（判）這等就此拜別了（各磕頭共唱）

（尾）自古道勝讀十年書與君一夕話提醒人多因指（作意堪傷）

驢說馬方信道曼倩詼諧不是耍（禰下）

判曰　看了這禰正平漁陽三弄。

笑得我察判官眼睛一縫。

若沒有狠閻羅刑法千條。

都只道曹丞相神僊八洞。（妙絕）（下）

音釋　歪刺牛角尖臭肉也故娼家以比無用之妓

獻帝取餜李傕以臭牛骨與之非操也借用耳

檾音傾

玉禪師翠鄉一夢　似偈似諢妙合自然

第一齣

（生扮玉通上云）南天獅子倒也好隄防倒有箇沒影的猢猻不好降看取西湖能有幾多水老僧可曾一口吸西江俺家玉通和尚的是也俺與師兄見今易世換名的月明和尚本都是西天兩尊古佛止因修地未證奪舍南遊來到臨安見山水秀麗就於竹林峯水月寺選勝安禪住過有二十餘載越覺得光景無多證果不易俺想起俺家法門中這箇修持象什麽好象如今宰官們的階級從八九品巴到一二不

知有幾多樣的賢否升沈又象俺們寶塔上的階梯從一二層扒將八九不知有幾多般的跌磕蹭蹬假饒想多情少（工妙）止不過忽剌剌兩脚立追上能飛能舉的紫霄宮十八位絕頂天仙若是想少情多呵不好了少不得撲鼕鼕一交跌在那無崖無邊的黑酆都十八重阿鼻地獄那箇絕頂天仙也不是極頭地位還要一交一跌不知跌在甚惡塹深坑若到阿鼻地獄却就是沒眼針尖由你會打會撈管取撈不出長江大海有一輩使拳頭喝神罵鬼和那等盤踝膝閑

眼低眉說頓的說漸的似狂蜂爭二蜜各逞兩下酸甜帶儒的帶道的如跛象扯雙車總沒一邊安穩謗達摩单傳沒字又面壁九年却不是死林侵盲修瞎錬不到落葉歸根笑惠可一味求心又談經萬衆却不是生胡突鬬嘴撩牙惹得天花亂墜眞消息香噴噴止聽梅花假慈悲哭啼啼瞞過老鼠言下大悟纔顯得千尋海底潑剌剌透網金鱗話里畧粘便不是百尺竿頭滴溜溜騰空鐵漢傷日明珠歇脚圓還欠積寶堆山債越多此乃趁雹穿針一毫不錯饑玉嚼

蠟百味俱空也希大衆回頭莫惟老僧饒舌咳也終是饒舌了俺且把這家話頭丢過且說那本府新到一箇府尹大人姓柳名宣教聞得他年少多才象似箇擔當的氣象但恐金沙未汰不免夾帶些泥滓舊時俺三教中都按籍相迎老僧却二十年閉門不出因此也不去隨衆庭參也不去應名受點似這等清閒自在正好俺打坐安心懶道人何在（丑扮道人上見介）（生）懶道人你來這佛堂前燒了一炷香却去把門兒頂上待我打一箇坐有隨喜的你說這小庵兒

是大殿分出的没好遊樂處要遊樂請到大殿上去
就回話者丑應作燒香頂門介生打坐介貼扮紅蓮
孝服上云胭粉腰間軟劒盤未曾上陣早心寒柳老
爺你熱時用得我蓮兒着只恐霜後難教柳不殘我
紅蓮是箇營妓昨日蒙府尹老爺因恠玉通長老不
去迎叅在我身上要設箇圈套如此如此儻得手下
又教把那話兒收回回覆他做箇證驗我想起來玉
通是箇好長老我怎麼好幹這樣犯佛菩薩的事咳
官法如爐也只得依着他做了來到此間不免敲他

門着做打門介生叫道上云懶道人這般風雨瀟瀟的天又將黑了什麼人敲門好回話你就回話了他道應出問介什麼人打門三問紅纔應云你開了我便和你說道打杭州人話古恠又是箇阿媽們的聲音做開門介這們大雨天又黑了你着一身孝來我這庵里呵做舍子紅今日是清明我因祭掃亡過官人的墳墓來時轎兒歇在清波門裡不想路遠走得我脚疼坐得久了淹纏得天又黑雨又下我一面教小的兒進去招呼轎子眼見得城門又關了連這小

的兒也不出來了前不着村後不着店幸遇你這貴庵要借住一宵明日我回去備些小意思兒來謝你（道）解的且待我告過師父（告介）（生）那婦人老也小（道）上不過十七八歲一法生得絕樣的（生）這等却不穩便叫他去可又沒處去也罷你把一牀薦蓆就放在左壁窓檻兒底下叫他將就捱捱兒罷（道）鋪薦介先下（紅做坐忽闖上問訊介）（生）快不要快不要快到那窗兒外去（紅做肚疼漸甚欲死介）（生）喫道上云嬾道人快燒些薑湯與這小娘子喫想是受寒了（道）薑這

里沒有要便到大殿上去討半夜三更黑漆漆着舍
要緊〔又下〕紅做疼死復活介〔生〕喚道不應問云小娘
子你這病是如今新感的還是舊有的〔紅〕是舊有的
〔生〕既是舊有的那每甞發的時節却怎麽醫纔醫得
好〔紅〕不瞞老師父說舊時我病發時百般醫也醫不
好我說出來也羞人只是我丈夫解開那熱肚子貼
在我肚子上一揉就揉好〔生〕看起來百藥的氣味還
不如人身上的氣味更覺靈驗〔紅〕又做疼死介〔生〕又
叫道人不應介云不好了這場人命呵怎麽了驗尸

之時又是箇婦人官府說你庵裡怎麽收留箇婦人我有口也難辯道人又叫不應也沒奈何了（背）紅入內介（生）急跳出場介紅隨上生大叫云罷了罷了我落在這畜生圈套裡了

（新水令）我在竹林峰坐了二十年慾河堤不通一線。雖然是活在世似死了不曾然。這等樣牢堅。這等樣牢堅被一箇小螻蟻穿漏了黃河塹（紅）師父喫螻蟻見鑽得漏的黃河塹可也不見牢師父你何不做箇鑽不漏的黃河塹（生）我且問你你敢是那箇營娼慣撒奸的紅蓮麼（紅）我便是待怎麼（生）你這紅蓮敢就是綠柳使你來的麼（紅）也就是又怎麼師父你怎麼這等明白（生）我眉毛底下嵌着雙閃電一般的慧眼怕不知道（紅）慧眼慧眼剛纔瀚了幾點（生）

【步步嬌】我想起潑紅蓮這箇賊衙衒、（紅）師父少罵些也要認自家一半兒不是（生）我與你何讐怨、梨花寒食天。粧做箇祭掃歸來、風雨投僧院。（紅）不是這等怎麼圈套得你上（生）又喬粧病症急切待要赴黃泉遠、禪牀只教行方便、（紅）師父你由我叫則不理我也沒

法見誰着你眞箇與我行方便（生）

折桂令 叫道是滿丹田疼得似蛇鑽叫與他坦腹磨臍借煖偎寒 我那時節爲着人命大事 我也是救苦心堅救難心專沒方法將伊驅遣又何曾動念姻緣

（紅）不動念臨了那着棊兒誰敎你下

（生）不覺的走馬行船滿帆風到底難收爛繮繩畢竟難拴

（紅）師父你若不乘船要什麼帆收你旣自加鞭却又怪馬難拴

（生）可惜我這二十年苦功一旦全功盡棄

江兒水 數點菩提水傾將兩瓣蓮 咳這佛菩薩也不

護持了蠢金剛不管山門扇被潑煙花誤闖入珠宮殿將戒袈裟鈎挂在閒釵釧百尺竿頭難轉一箇磨磨跌破了本來之面（紅）你不要忒不知福你一箇葫蘆挂搭在桃花之面（生）恨云紅蓮這潑賤（紅）師父少罵些（生）

（得勝令）你又不是女琴操叅戲禪却元來是野狐精藏機變霎時閒把竹林堂翻弄做桃花澗紅也麼蓮你為誰辛苦為誰甜替他人虧心行按着龍泉粉骷髏三尺劍花葫蘆一箇圈西也麼天五百尊阿羅漢

從何方見南也麼泉二十年水牯牛着什麼去牽（紅）
黃也麼天五百尊阿羅漢你自羞相見淸也麼泉照
不見釣魚鈎你自來上我牽（生）當時西天那摩登伽
女是箇有神通的娼婦用一箇淫呪把阿難菩薩要
時閒攝去幾乎見壞了他戒體虧了那世尊如來纔
救得他回那阿難是箇菩薩尚且如此何況于我
僥僥令摩登渾慾海淫呪總迷天我如今要覓如來
何由見把一箇老阿難戒體殘老阿難戒體殘（紅）師
父我笑這摩登還沒手段若遇我紅蓮呵由他鐵阿

難也弄箇殘鐵阿難也弄箇殘（生）
收江南（則教你戴毛衣成六畜道變蟲蛆與百鳥飡
巧計奸心直便到日月天俺今來這番俺今來這番
又幾回筋斗透針關透針關幾時圓滿面着壁少林
北巘停着舟普陀東岍投着胎錦江西畔到如今轉
添業緣說什麼涅槃寂圓呀則一靈兒先到柳家庭
院（紅）師父俺如今也不添別緣老實說磨盤兩圓呀
俺則把這幾點兒回話柳爺衙院（生）推紅出門（介）（紅）
你閉門推出窻前月我既做梅花有主張（下）（生）元來

這塲業障從這一不叅見起可惜壞了我二十年苦功這呵怎麽放得他過俺如今不免畨一箇筋斗投入在柳宣教渾家胞内做他箇女兒長成來爲娼爲歹敗壞他門風這也只是苦眼的光景不費了修爲大事只是這柳的那厮輕薄未免得㩀了那話兒一定有幾句言語來問我的嘴俺也不免預備下幾句回答又別寫一紙帖兒分付懶道人如此如此打發郤端坐驅神竟奔柳家走一遭去（寫帖介讀介）自入禪門無挂碍。五十三年心自在、只因一點念頭差、犯了如來淫色戒你使紅蓮破我戒我欠紅蓮一宿債、我身德行被你虧、你家門風被我壞、又寫一帖與道人介讀介遺囑付懶道人如有柳府差人到庵可教他香爐脚底下取帖回話念偈云紅蓮弄得我似猢猻我且向綠柳皮中縣一春浪打浮萍無有不撞着則恐回來認不得舊時身坐化介道人上云我昨而子去討生薑大殿上師父說則纔山下趕老虎解的不敢回來宿不知這阿媽怎的了呀阿媽不見了呀師父又坐化了恠也這是舍子緣故我曉得了是一箇觀音指化師父去了呀香爐底下又有一箇帖子讀介呀元來這箇阿媽就是紅蓮那娼根是柳老爺使來幹這樁圈套俺師父走了爐了這箇帖兒就是回話他塞嘴的又有一箇帖子呀是我的遺囑讀介

末扮柳差人上云領柳爺的分付教拿這箇帖兒與玉通長老問紅蓮這一樁事的嘴看他怎的回話見道人打話介道云俺師父為這樁事性命都送了還故子問舍嘴哩末柳爺要在我身上討回話可怎的了道人云你擔帖來我看讀介水月禪僧號玉通多

時不下竹林峰。可憐數點菩提水。傾入紅蓮兩瓣中。元來我道是走爐一些不差老牌回話倒有在香爐底下你自擔將去且任老牌我且問你這件事是舍緣故（末）有舍緣故你們的師父忒氣傲心高不去參見俺柳爺故此使紅蓮那娼根來如此如此你們師父精拳頭救火着了手是那的緣故我且褑褙匠贖横披去回話去老道請了（下）（道人云）緣來果是這每我且報知殿上大衆把師父或是火化或入龕造塔悉憑他們心願

【清江引】我在庵中打二十年饞齋飯長偷眼把師父看他坐着似塑彌陀立起就活羅漢咳柳老爺則怕他放不過紅蓮案

潑紅蓮砒粧蜜賣　玉禪師汞音貢水銀也飛爐敗

佛菩薩尚且要報怨投胎　世間人怎免得妙喻欠錢還債

【音釋】科唱處凡生字俱是玉字蓋玉通師能耍者即扮耍不拘生外淨也

第二齣

外扮月明和尚負搭連上內盛一紗帽一女面一僧

帽一褊衫百尺竿頭且慢逞强一交跌下笑街坊可
憐一口兒西湖水流出桃花賺阮郎老僧且不說俺
的來由且說幾句法門大意俺法門象什麼象荷葉
上露水珠兒又要沾着又要不沾着又象荷葉下淤
泥藕節又不要齷齪又要些些齷齪修爲略帶就落羚
羊角挂向寶樹沙羅雖不相粘若到年深日久未免
有竹節幾痕點檢粗加又象孔雀膽攙在香醪琥珀
既然斷渾却又揀苦成甜不如連金杯一潑一絲不
挂終成遶無邊的蘿葛荒藤萬慮徒空骨堆起幾座

好山河大地俺也不曉得脫離五濁儘丟開最上一
乘刹那屁的三生瞎帳他娘四大一花五葉總犯虛
脾百媚千嬌無非法本攪長河一搭哩酥酪醍醐論
大環跳不出尾查屎溺只要一棒打殺如來料與狗
喫笑倒隻鞋頂將出去救了猫兒所以上我這黃虀
淡飯窩出來臭刺刺的東西也都化獅子糞倒做了
清辣香材狗肉團魚嘔出來虀糟糟的涓滴便都是
風磨銅好粧成紫金佛面纔見得鉗槌爐火總翻騰
臭腐神奇不會得的一程分作兩程行會得的呵踢

殺猢猻弄殺鬼會得的似輪刀上陣亦得見之會不得的似對鏡回頭當面錯過咳鴛鴦繡出從君看莫把金針度與人大衆你道俺是誰（內應）你是誰（外云）俺就是住下那箇水月寺玉通和尚的師兄本是西天一尊古佛今來再世改名做月明和尚的就是止因俺師弟玉通我相未除慾根尚挂致使那柳宣教用紅蓮撥賺他却報怨投胎自陷做小姐爲娼喚名柳翠至今十有七載俺祖師憐憫他久迷不悟特使俺來指點回頭咳也好難哩這箇呵又像一件什麼

像醫瞎子的一般用金針撥轉瞳人則怕撥不轉撥得轉他到依舊光明又像叫獅子跋倒太行或者也跋得來只是跋來時不知費了我多少氣力但這件事不是言語可做得的俺禪家自有箇啞謎相參機鋒對敵的妙法我猛可的照見這柳翠今日與那闞他的徽客鳳朝陽來西湖游耍那柳翠先來這大佛寺裡等他我待他來時自有箇道理打坐介旦扮柳上云一自朱門落教坊幾年蘇小住錢塘畫船不記陪遊數但見桃花斷妾腸妾身柳翠的便是從俺爹

爹喪過宦囊蕭索日窮一日直弄到我一箇親女兒出身爲娼追歡賣笑不幸之幸近有一箇相好的徽客喚名鳳朝陽他倒也嘲風弄月好義輕財靠着他纔過得箇日子今日約我到湖上看桃花教我先到這大佛寺等他我已到了他怎麼還不來〔淨扮僕上〕大姐俺朝奉剛到湧金門招財來報大公子中風病發俺朝奉趕回去略看一看霎時就來教大姐先上湖船也好略在寺裡等等待朝奉同上船也好〔旦〕曉得了你去回話去〔淨應下〕〔旦〕做遊行見和尚介云你

這長老從那裡來〔三問三不應〕外舉手指西又指天〔介〕〔旦〕一手指西一手指天終不然你是西天來的又胡說了也罷就依你說你從西天來下界何幹〔外〕手打自頭一下手糚三尖角作厶字又糚四方角作口字又糚一圈作月輪〔介〕〔旦〕那三尖角兒是箇厶字四方角兒是箇口字若湊合來是箇台字團圈兒是箇月字却又先打頭一下分明是箇投胎的說話我且問你你和尚家下界投胎與你何干你却捏這樣㤥話咳是箇風和尚了〔迴身唱〕

新水令俺則爲停舟待客遶迴廊沒來由撞見箇風魔和尚。我問他來歷處。他一手指天堂。又賣弄着西方。又賣弄着西方。臨了呵粧兩箇字似投胎樣。咳雖是箇風和尚却來的恠我不知怎麼又忽然動心起來一定要仔細問他便不遊湖也罷那師父你這投胎的話頭有些蹺蹊你好對我一說麼外取紗帽自戴作柳尹怒介復除帽放卓上又自戴女面具向卓跪叩頭作問答起去介旦這箇套數一法使人可疑待我試猜一猜看步步嬌他戴烏紗背北朝南向似官府坐黃堂上這嘴臉便不像俺的爺臨了那幾步趨蹌却象得俺爺好他廻身幾步忙仔細端詳真厮像俺爺模樣臨了呵又打發那紅粧似領伏兵去那裡做煙花將師父我看你那紗帽與那女娘家臉子想必是一箇官見差這婦人去那裡做什麼勾當麼我這猜的可也有幾分麽你說了罷麼外戴女面走數轉作敲門勢却倒地作肚疼自揉介却下女面放地上起戴僧帽倒身女面邊解衣作揉肚介旦這箇勢可却似這箇婦

人肚子上有些什麼緣故一箇和尚替他去舞弄這舞弄呵有什麼好處這一出可又難猜

折桂令這一箇光葫蘆按倒紅粧似兩扇木櫳一付磨漿少不得磨來漿往自然的櫳緊糠忙可不掙斷了猿韁保不定龍降火燒的倩金剛加大擔芒硝水懺的請餓鬼來監着廚房師父我也猜不得這許多了你明說了罷外急扯旦耳環又作猜拳介旦教我還猜也罷你再做手勢來外指眉心介旦這又是頭了外搖手又怒目指眉心介旦不是頭是惱了外戴

女面指眉心介旦惱這婦人了外下女面換紗帽又
指眉心介旦又惱這官兒了卻怎麼外指自身又指
頭介旦又是惱了外搖手介旦不是惱還是頭外又
用手如前三次粧成胎字介旦又是攛胎了卻不通
江兒水既惱烏紗客還嫌綠鬢娘既然惱兩箇要投
胎怎麼一箇胎分得在兩箇人的身上一彈兒怎分
打得雙鵶傍這一胎畢竟誰家向況烏紗又是箇男
兒相何處受一團兒撐脹這欠債還錢必是女裙釵
消帳外取淨瓶中柳一枝又將手作一胎字雙手印

撲在柳枝上介旦做心驚介云呀終不然這胎投在
我身上了我想起來這箇寃家對頭敢我也曾造下
來

得勝令不合得在青樓幹這椿免不得堆紅粉將人
葬我記得那一年掇賺了黃和尚妙諢我自來只拆斷了
這橋梁敢有箇小秃子鑽入褲襠紙牌上雙人帳荷
包裡一泡糞酸嘗不久來瓠犀子嚼梅醬藥方須早
辦鯉魚湯帶麝香外大笑云都不中用費力費力高
聲念云紅蓮弄我似猢猻且向綠柳皮中縣一春浪

打浮萍無有不撞着只怕回來認不得舊時身呸（大噴旦一口介）（旦大叫云）我知道了我知道了早知燈是火飯熟已多時（丟下頭髻脫下女衣介）（外急向搭連內取僧帽褊衫與旦穿戴）（外旦交叩頭數十介）（旦園林好）謝師兄來西天一場用金針撥瞳人一雙止撮琉璃燈上些兒火熟黃粱些兒火熟黃粱

（收江南）（旦云）師兄和你四十年好離別（外）師弟你一霎時做這場（合）把奪舍投胎不當燒一寸香（旦云）師兄俺如今要將（外）師弟俺如今不將（合）把要將不將都一

齊一放（外）小臨安顯出俺黑風波浪（旦）潑紅蓮露出
俺粉糊粘糨（合）柳家胎漏出俺血團氣象此下外起
旦接一人一句（外）俺如今改腔換粧俺如今變娼做
娘弟所爲替虎倀豺羊兒所爲把馬韁綳韲這滋味
蔗糵拌糖那滋味蒜秧擣薑避炎塗趂太陽早凉設（語語叫絕）
計較如海洋斗量再簸春白粱米糠莫笑他郭郎袖
長精哈哈帝皇霸強好胡塗平艮馬臧英傑們受降
納彊吉凶事弔喪弄璋任乖刺嗜蒫喫搶幹功德擱
塘救荒佐朝堂三綱一匡顯家聲金章玉璫假神僊

雲庄月窻眞配合鴛鴦鳳皇頳行者敲鐺打梆苦頭陀柴扛碓房這一切萬椿百忙都只替無常禘裝捷機鋒刀鎗鬬鉎鈍根苗蟯螂跳墻肚疼的假孀海棠報寃的几霜鵶鶴塡幾座鵲潢寶杠幾乎做鴇桑乃堂費盡了啞佯妙方纔成就滚湯雪燙兩弟兄一雙鴈行老達摩褁糧渡江脚跟踹蘆蔣葉黃霎時到西方故鄉依舊嚼果筐鴈王遥望見寶幢法航撇下了一囊賊贓交還他放光洗腸（合唱）呀纔好合着掌回話祖師方丈（內鳴鑼鼓忽下）

大臨安三分官樣　老玉通一絲我相
借紅蓮露水夫妻　度柳翠月明和尚

雌木蘭替父從軍　蒼涼慨慷堪題畫屏

第一齣

旦扮木蘭女上妾身姓花名木蘭祖上在西漢時以六郡良家子世住河北魏郡俺父親名弧字桑之平生好武能文舊時也做一箇有名的千夫長娶過俺母親賈氏生下妾身今年纔一十七歲雖有一箇妹子木難和小兒弟咬兒可都不曾成人長大昨日聞

得黑山賊首豹子皮領着十來萬人馬造反稱王俺
大魏跖跋克汗下郡徵兵軍書絡繹有十二卷來的
卷卷有俺家爺的名字俺想起來俺爺又老了以下
又再沒一人況且俺小時節一了有些小氣力又有
些小聰明就隨着俺的爺也讀過書學過些武藝這
就是俺今日該替爺的報頭了你且看那書上說秦
休和那緹縈兩箇一箇拚着死一箇拚着入官爲奴
都只爲着父親終不然這兩箇都是包網兒帶帽兒
不穿兩截裙襖的麼只是一件若要替呵這弓馬鎗

刀衣鞋等項却須索從新另做一番也要略略的演
習一二纔好把這要替的情由告愬他們得知他豈
不知事出無奈一定也不苦苦畱俺叫小鬟那裡（丑）
扮小鬟上（末）小鬟你瞞過老爺和奶奶隨着俺到街
方上走一回者向內買諸物介引鬟持諸物上（鬟）大
姑娘把馬拴在那裡（末）且寄養在對門王三家
（點絳唇）休女身拚、緹縈命判、這都是裙釵伴立地撐
天說什麼男兒漢
（混江龍）軍書十卷、書書卷卷、把俺爺來塡、他年華已

老衰病多纏想當初搭箭追鵰穿白羽今日呵扶藜看鴈數青天呼雞餵狗守堡看田調鷹手軟打兎腰拳提攜咱姊妹梳掠咱丫鬟見對鏡添粧開口笑聽提刀厮殺把眉攢長嗟歎道兩口兒北邙近也女孩兒東坦蕭然要演武藝先要放掉了這雙脚換上那雙鞋兒纔中用哩換鞋作痛楚狀

曲尽老景　的是鐘鳴漏尽之念

油葫蘆生脫下半折凌波襪一彎好些難幾年價纔收拾得鳳頭尖急忙的改抹做航兒泛怎生就湊得滿幇兒楦回來俺還要嫁人却怎生這也不愁他俺

家有箇潄金蓮方子只用一味硝煮湯一洗比偌昝
還小些哩把生硝提得似雪花白可不霎時間潄癟
了金蓮瓣鞋兒倒七八也穩了且換上這衣服者換
衣戴一軍氊帽介
天下樂穿起來怕不是從軍一長官行間正好瞞緊
緣鈎厮稱這細裙子繫刀環軟噥噥襯鎖子甲煖烘
烘當夾被單帶回來又好脫與咬兒穿衣鞋都換了
試演一會看演刀介
那吒令這刀呵這多時不拈俺則道不便纔提起一

翻也比舊一般爲何的手不酸習慣了錦梭穿越國
女尚要白猿教俺替爺軍怎不捉青蛇鍊遶紅裙一
股霜搏演了刀少不得也要演鎗演鎗介
鵲踏枝打磨出苗葉鮮栽排上綿木桿抵多少月午
梨花丈八蛇鑽等待得脚兒鬆大步重那撚直翻身
戳倒黑山尖箭呵這裡演不得也則把弓來拉一拉
看俺那機關和那那綁子比舊日如何拉弓介
寄生草指決見薄弰弝兒圓一拳頭揩任黃蛇攏一
膠翎拔盡了烏鵰扇一肐膊挺做白猿健長歌壯士

入關來那時方顯天山箭俺這騎驢胯馬倒不生疎可也要做箇撒手登鞍的勢兒跨馬勢

么繡裲襠坐馬衣嵌珊瑚掉馬鞭這行裝不是俺兵家辦則與他兩條皮生細出麒麟汗萬山中活捉箇猢猻伴一轡頭平蹹了狐狸塹到門庭纔顯出女多嬌坐鞍轎誰不道英雄漢所事兒都已停當却請出老爺和奶奶來纔與他說話向內請父母弟妹介外扮爺老扮娘小生扮弟貼扮妹同上見旦驚介云兒今日呵你怎的那等樣打扮一雙脚又放大了好怪

也好恠也（末）娘爺該從軍怎麼不去（娘）他老了怎麼去得（末）妹子兄弟也就去不得了（娘）你風了他兩箇多大的人去得（末）這等樣見都不去罷（娘）正爲此沒箇法見你的爺極得要上弔（末）似孩兒這等樣兒去得去不得（娘）兒俺曉得你的本事去到去得（哭介）只是俺兩老口兒怎麼捨得你去又一樁便去呵你又是箇女孩兒千鄉萬里同行搭伴朝食暮宿你保得不露出那話見麼這成什麼勾當（末）娘你儘放心還你一箇閨女兒回來（衆哭介扮二軍上云）這裡可是

花家麼（外）你問怎麼（軍）俺們也是從征的俺本官說這坊廂裡有箇花弧教俺們來催發他一同走路快着些（木）哥兒們少坐待我略收拾些兒就好同行小鬟你去帶回馬來（木）收拾器械介（衆看介云）好馬好器械兒你去一定成功喝采回來好歹信兒可要長梢一封也免得俺老兩口兒作念偺咎要遞你一杯酒兒又忙劫劫的纔叫小鬟買得幾箇熱波波你拿着路上也好嚼一嚼有些針兒線兒也安在你搭連裡了也預備着也好連些破衣斷甲（二軍叫云）快着

些〕衆哭別先下〔末出見軍介云〕大哥們勞久待了請就上馬趲行〔作上馬行介〕〔二軍私云〕這花弧倒生得好箇模樣兒倒不像箇長官倒是箇秫秫明日倒好拿來應應極〔末〕

〔幺〕離家來沒一箭遠聽黃河流水濺馬頭低遙指落蘆花鴈鐵衣單忽點上霜花片別情濃就瘦損桃花如氣不揚何面一時價想起密縫衣兩行兒淚脫眞珠線

〔六幺序〕呀這粉香兒猶帶在臉那翠窩兒抹也連日不曾乾却扭做生就的丁添百忙裏胯馬登鞍靴揷

金鞭腳踹銅環丟下針尖挂上弓絃未逢人先准備
彎腰見使不得站堂堂矬倒裙邊不怕他鴛鴦作對
求姻眷只愁這水火熬煎這些些兒要使機關
么 哥兒們說話之間不待加鞭過萬點青山近五丈
紅關映一座城欄豎幾手如画旗竿破帽殘衫不甚威嚴
敢是箇把守權官兀的不你我一般趂着青年靠着
蒼天不憚艱難不愛金錢倒有箇閣上凌煙不强似
謀差奪掌把聲名換抵多少富貴由天便做道黑山
賊寇犯了彌天案也無多些些子差一念心田 指問介

【賺煞】那一答是那些咫尺間如天半。趄坡子長蛇倒綰。敢是大帥登壇坐此間小緹縈禮合參官這些兒略覺心寒。久已後習弄得雄心慣領人馬一千掃黑山一戰。俺則教花腮上舊粉撲貂蟬說話之間且喜到主帥駐劄的地方了俺們且先尋下了安頓的所在明日一齊見主帥者（下）

第二齣

（外扮主帥上）下官征東元帥辛平的就是蒙主上教我領十萬雄兵殺黑山草賊連戰連捷爭奈賊首豹

子皮縣住在深崖堅壁不出向日新到有二千好漢俺點名試他武藝有一箇花弧像似中用俺如今要葦載那大砲石攻打他深崖那賊首免不得出戰兩陣之間却令那花弧攔腰出馬冐取一鼓成擒叫花弧與衆新軍那裡（末）同衆上跪見介（外）花弧俺明日去攻打黑山兩陣之後你可放馬橫衝冐取生擒賊首俺與你奏過官裏你的賞可也不小違者處斬（末）得令（外）就此起兵前去

【清江引】黑山小寇眞見淺縣住了成何幹花開蝶滿

枝樹倒猢猻散你越躲着我越尋你見眾
前腔黑山小寇眞高見左右他輸得慣一日不害羞
三飡喫飽飯你越尋他他越躲着看眾稟主帥巳到
賊營了外叫軍中舉砲放砲介淨扮賊首三出戰末
衝出擒介外就收兵回去眾
前腔咱們元帥眞高見筭定了方纔幹這賊假的是
花開蝶滿枝眞的是樹倒猢猻散凱歌回帶咱們都
好看帥唱
前腔眾軍士們好消息時下還伊見每月鈔加一貫

又不是一日不害羞、管教伊三飡喫飽飯、論成功是花弧居多半、（到京內鳴鐘鼓作坐朝介帥奏云）征東元帥臣辛平謹奏昨蒙聖恩命臣征討黑山巨寇今悉已蕩平賊首豹子皮的係軍人花弧臨陣親擒見解聽決其餘有功人員各具冊書分別功次均望上裁（丑扮內使捧旨上云）奉聖旨卿勦賊功多特封常山侯給券世襲花弧可尚書郎念其勞役多年令馳驛還鄉休息三月仍聽取用就給與冠帶一同辛平謝恩豹子皮就決了其餘功次候查施行（末換冠帶介帥木謝恩介受詔書丑下木花弧感蒙主帥的提拔叨此榮恩只因省親心急不得到行臺親謝就此叩頭容他日效犬馬之報帥此是足下力量所致於下官何預匆忙中我也不得遣賀序別木今日得君提挈起帥下官也是因船順水借帆風帥先別下木

前腔萬般想來都是幻誇什麼吾成筭我殺賊把王擒是女將男換這功勞得將來不費星見汗

二軍追上云花大爺你偌昝就這等樣好了木二位怎麼這樣來遲二軍昝兩箇次候查功如今也討得箇百戶

到本伍到任望大爺攜帶（木）可喜正好同行（二軍）

（前腔）想起花大哥眞希罕拉溺也不教人見（伴）這才是貴相哩天生一貴人僥倖三同伴咱兩箇呵芝麻大小官兒擡起眼看一看（木）

（前腔）我花弧有什麼眞希罕希罕的還有一件俺家緊隔壁那廟兒裡泥塑一金剛忽變做嫦娥面（二軍）有這等事（木）你不信到家時我引你去看（下）爺娘小鬟上自從孩兒木蘭去了一向沒箇消息喜得年時王司訓的兒子王郎說木蘭替爺行孝定要定下他

爲妻不想王郎又中上賢艮文學那兩等科名如今
見以校書郎省親在家木蘭又去了十來年兩下裡
都男長女大得不是耍却怎麼得他回來就完了這
頭親俺老兩口兒就死也死得乾淨（二軍同木上）（二
軍）花大爺且喜到貴宅了俺二人就告辭家去（木）什
麼說話請左廂坐下過了午去（二軍應虛下）（木進見
親介）（娘）小鬟快叫二姑娘三哥出來說大姑娘回了
（小鬟叫弟妹上介）（木對鏡換女粧拜爺娘介）
（耍孩兒）孩兒去把賊兵剪、似風際殘雲一捲、活拿賊首出天關這烏紗親遞來克汗（娘）你這官是什麼官（木）是尚書郎奶奶我緊牢拴幾年夜雨梨花館交還你依舊春風荳蔻函怎肯辱爺娘面（娘）我兒虧殺了你（木）非自獎真金烈火儻好比濁水紅蓮（拜弟妹介）（二煞）去時節只一丟回時節長並肩像如今都好替爺征戰妹子高堂多謝你扶雙老兄弟同輩應推你第一班我離京時買不迭香和絹送老妹只一包兒花粉幫賢弟有兩匣兒松煙（工對）（二軍忙跑上）花大爺你元來是箇女兒俺們與你過活十二年都不知道一

些兒元來你路上說的金剛變嫦娥就是這箇謎子
此豈不是千古的奇事留與四海揚名萬人作念麼
【本】
三煞論男女席不沾沒柰何纔用權巧花枝後句穩躲過
蝴蝶戀我替爺呵似叔援嫂溺難辭手我對你呵似
火烈柴乾怎不躭鷺鷥般雪隱飛纔見筭將來十年
相伴也當箇一半姻緣【二】軍他們這般忙俺們不好
不達時務且不別而行罷【先下】鬟報云王姑夫來作
賀【娘】這箇就是前日寄你書見上說的這箇女壻正

要請將他來與你成親來得恰好〔生〕冠帶扮王郎上相見介〔娘〕王姑夫且慢拜我纔子看了日子了你兩口兒似生銅鑄賴象也鐵大了今日成就了親罷快拜快拜〔末〕作羞背立介〔娘〕女兒十二年的長官還害什麼、羞哩、〔末〕回身拜介

〔四煞〕甫能箇小團圞、誰承望結契緣、乍相逢怎不教羞生汗、久知你文學朝中貴、自愧我干戈陣裏還配、不過東牀眷、謹追隨神僊價蕭史莫猜疑妹子像孫權

【尾】我做女兒則十七歲做男兒倒十二年經過了萬千瞧。那一箇解雌雄辨。方信道辨雌雄的不靠眼悲思伯樂

黑山尖是誰霸占、木蘭女替爺征戰、世間事多少糊塗。院本打雌雄不辨。下

【音釋】凡木蘭試器械換衣鞋須絕妙踢腿跳打每一科打完方唱否則混矣行路扮一人執長鞭搭連弓刀作趕脚人每木唱一曲完即下馬入内云俺去買什麽或明云解手從人持鞭催衆走如飛三四轉共唱北小令趕脚曲木去從徑

路又出　癟音鱉　指決音濟斤濟上聲　揝音攢北人以把握爲揝　臉音斂不作檢

女狀元辭凰得鳳　詞華纖艷似女士風流

第一齣

女冠子〔旦上〕一尖巾幗自送高堂風燭、僦居空谷、明珠交與侍兒賣了、歸補茅屋黃姑相伴宿、共幾夜孤燈、逐年饘粥、瘦消肌玉、翠袖天寒、暮倚脩竹、〔江城子〕依希猶記嫗和翁、珠在掌、恁憐儂、一自雙榆零落五更風、撇下海棠誰是主、杜鵑紅○生來錯習女兒工、論才學好攀龍晉取掛名金榜領諸公若問洞房花燭事依舊在可從容妾身姓黃乳名春桃乃黃使君之女世居西蜀臨邛年方十二父母相繼而亡既無兄弟又不曾許聘誰家況父親在日居官清謹宦槖蕭然妾身又是女流經營不慣以此日就零替與舊乳母黃姑暫典本縣西鄉化城山中一所小房兒住下不覺又是八年且喜這所在澗谷幽深林巒雅秀森列于明窓淨几之外默助我拈毫弄管之神既工書畫琴棋兼治描鸞刺繡賣珠雖盡補屋尚餘針線

償工援粲粗給但細思此事終非遠圖總救目下不過切劑咳倒也不是我春桃賣嘴春桃若肯改粧一戰骨倩取唾手魁名那時節食祿千鍾不强似甘心窮餓此正教做以叔援嫂因急行權矯詔誅羌反經合道雖是如此說可也要與黃姑商議停當可行則行可止呵也還止【喚黃姑介】黃姑我請你出來對你有話說【淨扮黃姑上】

【前腔】半老來沒福夜夜伴嫦娥獨宿一條水牯半肩紅葉數聲隴笛孩兒歸牧【相見介】【淨】小姐你叫我可

有甚麽説話【旦】黄姑我這幾日日日動念我和你在這裡過這様的日子可也不是了你曉得的我這般才學若肯去應舉可管情不落空却不唾手就有一箇官兒既有了官就有那官的俸祿漸漸的積趲起來摩量着好作歸隱之計那時節就抽頭回來我與你兩箇依舊的同住着却另有一種好過活處不强似如今有一頓喫一頓沒一頓捱一頓麽你意下如何【淨】妙妙你若去應舉呵是决中的只是這女兒家的頭臉怎麽改換得【旦】這有甚麽難把俺老爺的舊

衣鞋巾帽穿上換了俺的裙襖髻圈兒人看着終不
然不是箇男兒還是箇女兒哩〔淨〕這箇倒有理〔打諢
介〕〔旦〕不要胡說了快去收拾老爺舊衣服出來我改
粧你也收拾打扮箇大官兒起來就叫你做黃科我
自取名做黃崇嘏一同起身去分付你那兒子小二
哥看家裡便是〔淨〕我左右靠你一世了這老奴儕甘
心做了只是俸祿與那抓來的東西可要和你平分
〔旦〕這箇自然〔淨下收拾上二人換粧介淨向內云〕小
二我如今與姑娘城上看親有幾日不回你好生看

守房子日逐價打柴放牛若沒有米便去問張大娘
家借些喫不要和小二漢那箇短命（好補景）終日去廝打我
回來時節有了不得的果品餅定帶來哩則怕你沒
口得喫短命喉〔上路介〕〔旦〕

〔芙蓉燈〕對菱花抹掉了紅奪荷剪穿將來綠一帆風
端助人掃落霞孤鶩詞源直取瞿唐倒文氣全無脂
粉俗包袱緊牢拴髻篦待歸來自有金花帽簇〔淨〕

〔前腔〕我原是哺乳傭權做長鬚役無非是助槳幇船
靠一人之福他舊頭巾旣影得娘行過我假度牒誰

查和尚禿包袱裹幾升脫粟待之官要分他俸祿。

淨才子佳人信有之。一身兼得古來誰。

旦延平別有雌雄鋏。他日成龍始得知。

第二齣

外扮周丞相引衆上丞相平津東閣開私門桃李盡移栽況蒙天語張麟鳳肯放冥鴻不網來其家周庠是也原以邛南幕中留司府事蒙王主上簡拔累官得至丞相俺主上好學右文今年又該校選進士輪是其家叨知貢舉前月已移文挂榜約在今日取

齊入試想必也都到在這裡伺候了皁隸開了門把牌去招這些秀才進來（皁隸應介）旦扮祭酒末扮賈臚丑扮胡顏上進見遞手本介（外）諸生上年這場屋中主司命題大約遵奉前規你每諸生條對可也多循舊套況本朝向來以詞賦取士近日樂府就是詞賦之流我如今要一洗這頭巾的氣習只摘蜀中美談雅事爲題令諸生各賦一樂府就當面吟咏我也當面品評却又是我先倡起句諸生續成我起的句到臨了用一柴字諸生接句用一纔字到臨了却要

用一債字兼之江水出在蜀西岷山其樂府牌名就用北江兒水諸生可要努力莫負聖明求賢的盛意與主司延訪的苦心起來過一邊聽唱名就領題按手本唱名介黃崇嘏你的題是賦得相如脫鷫鸘裘（三題風流閒逸）當酒為文君撥悶賈臚你的題是野老送少陵櫻桃胡顏你就是賦得少陵許西隣婦撲棗黃崇嘏過來聽我首倡

北江兒水鷫鸘裘帶忙解下鷫鸘裘帶望杏花村裡來提向黃公一擲除却茅柴纘將纔字來（旦）當一壺

茜眞珠醉滴纔何事跑穿鞋要引佳人笑口開怕蹙
損了遠山眉黛虧殺他跟着措大走遍天涯還消得
領雉頭裘付酒家酬債（外）細玩此詞眞箇手神艷逸
神僊中語也且這兩箇難韻尤押得妙不信塲中還
有這們一箇敵手哩賈臚過來你是野人送櫻桃與
杜少陵
（前腔）浣花溪外茅舍遶浣花溪外是詩人杜老宅何
處野人扶杖敲响扉柴續將纔字來（末）送櫻桃摘下
纔纔一籠美人腮破胭脂幾點歪呪不死鸚哥無賴恰

遇詩脾渴在感故老情懷正好飽明珠拚一嘔了杜鵑詩債〔外〕纔字也押得穩中間兩三句與那結尾呵也似有神助胡顏過來你的是什麼〔丑〕是少陵許西隣婦撲棗〔外〕你聽我念

〔前腔〕西隣窮敗恰遇着西隣窮敗〔丑〕宗師別的起句都是什麼鷫鸘裘浣花溪何等的富貴花錦偏我胡顏恰似什麼窮敗窮敗宗師你的主意分明是於我胡顏要如保赤子了〔外〕如保赤子怎麼說〔丑〕如保赤子是點不中〔外〕一法迂遠〔丑〕也不遠矣〔外〕胡顏可眞

箇是胡言老孀荆。一股釵。那更兵荒連歲少米無柴。
續將纔字來【丑】少米無柴的讖語可一法不好這婦
人也窮到一箇絕妙之田我胡顏的不中可也到一
箇絕妙之地了【外】快來【丑】少米無柴。這婆兒呵與我
一般般苦。是纔。不合我棗樹傍他栽。棗兒又生不乖。
都挂向他家摇擺。終久擺落在他堦。我人情又不做
得。【外】得字不押韻了【丑】韻有什麽正經詩韻就是命
運一般宗師說他韻好這韻不叶的也是叶的宗師
說他韻不好這韻是叶的也是不叶的運在宗師不

在胡顏。所以說文章自古無憑據。惟願朱衣暗點頭。

〔外〕也要合天下的公論〔丑〕咳宗師差了若重在公論又不消說不願文章中天下只願文章中試官了〔外〕咳都象你呵我那得這許多工夫聽你閑話趲快些

〔丑〕擺落在他揩我人情又不做得好難割愛。我明年呵一攬果帶生摘賣如今且忍着疼捨肉身燈債

〔外〕這胡顏詞氣便也放達可也忒出入可取處只是不遮掩着他的眞性情比那等心兒裡驕吝麼却口兒裡寬大的不同他還陶融得也取了罷那胡顏取便

取了你我還替你改幾句就是舊規做程式一般你
就念我的起句來【丑】
【前腔】西隣窮敗恰遇着西隣窮敗老孀荆一般釵那
更兵荒連歲少米無柴那秀才續將來【外】況久相依
不是纔【丑】公然好似我的【外】幸籬棗熟霜齋我栽的
卽你栽儘取長竿澗袋【丑】忒像他的意了都打盡了
却怎麽好【外】打撲頻來餔餐權代我恨不得填漫了
普天饑債【丑】恰像公然好似我一丢兒也照依胡顏
姑取罷【外】這生可也忒放肆【丑】善戲謔不爲癸擺子

外怎麼說丑虐外這秀才胡說你再想得詩經中一箇諱字來麼丑有伊其相諱贈之以牡丹外却怎麼讀丑芍藥外也虧他記得這一塲中等第少不得黃崇嘏是第一賈臚是第二胡顏姑置第三我今日就奏聞主上諸生明日都到午門外看榜准備遊街赴宴崇嘏呵管取明日欽除可也要預備下一頂稱頭的紗帽不得稽誤謝恩

外匠斧驅牛萬首囬　最難拽動棟梁材

今朝細定黃郎格、畢竟百花梅是魁、先下

弔場三生各敘寒溫問鄉貫客寓約看榜赴宴介末

丑又共恭喜黃介同下

第三齣

喜遷鶯 旦冠帶外扮吏衆上 名魁金榜擬咫尺天顏從容日講忽拜參軍來陪司戶付與簿書教掌青幕藍衫易着綠水紅蓮難做班鷺遠縱舉頭見日却袖冷爐香

菩薩蠻 侍臣牧吏元無二紅蓮幕裡三年寄水鏡一輪明朝朝挂訟庭督郵雖氣岸要見何妨見只作戲場看折腰如軟綿我崇嘏自叨中狀元之後

不想適遇新例凡上第者俱要試以民事竟除授成都府司戶參軍這箇官雖是簿書猥瑣却倒得展我惠民束吏之才在任不覺又是三年也不敢素飡尸位我這座主周公朝廷因他多才就以丞相兼攝府事昨日一連發下三起成獄巳久稱寃奏擾的百姓下來我夜來看他緣由委可矜疑只是干證都死的死了放的放了可誰與他證明也罷我如今取他出來自別有一箇區處皁隸你去監房裡取昨日丞相周爺發下那三起奏本的犯人出來聽問〔皁隸下帶

小生貼末上介吏唱名介黃天知烏氏眞可肖旦你這三起犯人都成獄久了兩起是該帶板的誰開你的板小生貼應云昨日奏本下來蒙丞相周爺略略的審一審都叫打了板送到爺這裡旦黃天知你上來當時那毛屠出首你僞造印信的事是怎麼緣故你從實說上來小生爺小的就在雞鳴驛前住見那驛丞的關防花碌碌的好耍子小的不合叫那會篆刻的人照依那關防刻一箇小記印見旦那刻印的人如今在那裡小生累死了小的長去毛屠家把這

印票兒支取猪肉後來小的與一箇大財主叫做夏葛爭地基夏葛買出毛屠出首小的這箇印記麽說小的僞造下印信要圖謀驛丞自做後來又有一箇光棍叫做昌多心説這箇小印記見入他罪不得他旣有這樣踪跡就好攺做大的出首他那夏葛會布置幇他的又多小的就辯不得了爺是這樣的寃枉

（旦）你那印兒有多大

（小生）有半截小指兒大

（旦）那篆文純是驛遞衙門的字樣可也還刻有你自家的名字在上面

（小生）有自家的名姓在上

（旦）你這肉帳必

有箇箅絕之時這許多支肉的票兒還是誰收了〔小生〕左右是主顧家小的與他箅絕了帳從來不問他討〔旦〕皁隸你去毛屠家對他老婆說說有一起强盜供着你與他有姦說打刼的金珠首飾都窩藏在你家裡爺教我們來搜你你把大箱籠不要動他的把那小籠兒匣兒都與我搜將來連那婦人帶來見我皁應下介〔旦〕烏氏上來你實說〔貼〕老爺婦人那本坊北首裡有箇大財主叫做古時月是箇輕財學好的人可與俺丈夫賈大往來得密又有一箇姜松也是

箇大財主這可是箇歹人長來勾引婦人婦人不合罵了他一頓後來姜松爲頭做春社丈夫在他家喫酒回來到半夜之時五竅都儻血恁從救也救不得就死了姜松就買出隣舍誣捏婦人與古時月有姦謀殺了親夫就成了這椿大獄（旦）可惡這臣謀弒君子謀弒父妻謀殺夫是遇赦也不赦的你家不合與古時月往來這情是眞的了留你這樣歹人在這裡做什麽叫劊子手進來把這婦人綁起來就押出去決了（生扮劊子手上綁貼介貼哭押下介）（旦）叫打梆

叫我黃科出來[淨上]老爺你今而殺那箇婦人忒利害如今叫黃科那裡使用[旦]黃科你與我快跑到決那婦人的所在但聽得有人說屈你便就悄悄問他箇詳細儻得些實話便就傳說俺爺教把婦人且放了連那箇替他稱冤的人通拿來見我快去快去[淨應下][旦]那眞可肖你怎麼說[末]爺小的是江南人打着鼓兒沿街唱的唱到這臨邛臨邛卓家失了盜那夥做公的沒處拿眞賍實犯聽着一箇慣說謊的叫做瞧不實說小的不是唱的是先前幹了歹事假唱

來縣在臨邛只要遇着歹人依舊幹歹事了那夥做公的就假粧做賊的哄小的搭伴幾遍慣小的不肯去後來他因各衙門比併的謊了麽就把小的充做箇賊拿了那各衙門又喫那大衙門比併得未完慌了巴不得把小的充做箇眞賊是這等樣兒（旦）你倒說得有理可惱這些做公的只是我如今逕去拿他他人多都走掉了我如今見放你出去你到黑夜裡去到那做公的各人家門首把石灰畫一箇小圈兒爲記我便好霎時間多差了人認着那石灰圈兒一

齊都拿來打他一箇死可不好[末]小的可認不得這夥做公的家裡[旦]胡說他要哄你搭伴更不邀你到他家裡喫頓兒酒飯麼[末]邀是苦苦的邀小的小的可也抵死的不去[旦]這等便就拿不得人審不出寃枉來依舊帶去監了[末]大哭云我早知道這麼樣便就喫他頓飯兒也罷了[旦]還不帶去監了[末]哭下[旦]向吏云那裡豈有箇門兒也不上是箇平素虧心要搭伴做歹事的人麼我纔套他說你旣不認得做公的家裡可不好出你他寧可就監去了這眞情不就

立見了麼外爺是神見旦叫把這眞可肖帶回來卓
叫上介旦把這眞可肖打了肘本該就放了你你且
在丹墀裡少待待見等那兩起來問明了我一總放
你末磕頭云爺就是青天卓帶老旦并匣子淨帶貼
丑扮小厮同上卓云蒙爺分付去到毛家搜得匣子
并這婦人帶來回話淨黃科纔聽老爺分付就狠跑
到法塲裡去看的無千待萬都說屈的多獨有這箇
小厮便合着掌口裡則念說阿彌陀佛屈死了這人
這箇業障是我做的黃科見他●說得古怪就一把扯

他到背靜的所在仔細哄他他怎麼肯說那時節綁的婦人纔押到我就大聲叫劊子手說爺叫把那婦人放了叫把這小廝綁起殺了他纔嚇呆了纔說出箇眞情來〔旦〕這一着虧你呵〔淨指丑云〕老爺你自家問他就知道了〔旦〕你那小廝是誰家的小廝〔丑〕小的就是姜松家的小廝〔旦〕姜松在家麼〔丑〕在家〔旦〕着兩箇好皁隸快跑去拿了姜松來若走了就是你兩箇皁隸替死〔皁應下旦問丑云〕你左右洩漏了實說便免你死〔丑〕小的主人一向要姦這烏氏喫烏氏罵了

一頓又恠他到肯與古時月好以此便懷恨在心【旦】他果是與古時月通姦麽【丑】這也是屈他的後來遇着做春社衆客都散了俺主人可獨留烏氏的丈夫賈大又喫酒叫小的臨了那一大鍾酒放上一把砒礵與他喫了就叫小的扶他囘去交與這烏氏這場官司便就是這樣起了小的遇着爺今日也該死了沒得說了【旦】下去【旦】看匣笑向吏云這黃天知票印見一一都在可果然半截小指兒大麽他的眞名字又果然刻在上頭豈有要圖謀假驛丞做又僞造印

信把名字兒都不隱藏又用到大戶家裡黃天知你
這樣票兒敢在別鋪子上也用他支東西麼（小生）是
阿爺（旦）這箇一法說不通分明是小哇子揑塑着泥
冠帶假做箇什麼丞相兒麼將軍兒麼大家耍的勾
當把來當了眞就是不喫飯的人可也不信呵可憐
可憐可惜那毛屠夏葛與那昌多心都死了造化了
他皁隸把黃天知與烏氏的肘都替我打了把那毛
屠的老婆撥着（皁帶中淨扮姜松上見介）（旦）姜松上
來（旦指丑云）你認認看這是誰（中淨）這是小的家的

小廝叫做姜邦爺不消說了小的該死了（旦）皁隸把姜松棌下去打一百姜邦打五十（打介）（旦）就釘了肘發監（收監介）（旦）黃天知烏氏還討箇保候奏請纔好發落眞可肖情輕就好放了（向吏云）做三角文書明日囬話周爺你這三箇人聽我說

【紅衲襖】黃天知那（絕調）據花房的蜜蜂兒也號做王耕假陣的靈龜兒也呼做將咳這是假的呵豈有三分來大的店票花紋樣好扭做九品來眞的衙門銅印章况他眞名氏又不隱藏扮一箇大蝦蟆套着小科蚪

見當古來也有這樣的事若不是逼勒封虞也不過
是剪桐葉爲圭戲一場
【前腔】那烏氏雖是你新樣粧引惹出老姜也是那古
時月累及你孽障如今人可討愛烏因屋休承望惟
失火殃魚你自當烏氏你虧了這姜邦若沒姜家這
一小邦就是我黃爺呵也難主張咳我看世情反覆
一似敲枰也誰肯向輸棋救一將
【前腔】那眞可肖你雖是打鼓的千門信口腔倒是箇
把柁的三老遥憐長你隨他大海掀風浪只拿定小

裊岢一葉去當這夥做公的呵他來圈套你入火忙你可大門兒也不去上你果若是從前有一點歹行虧心也巴不得罪一座冰山又肯捨太行（小生貼末同叩頭唱）

【前腔】爺你是箇魁青天又挂着月一堂精渾水巧辨出魚三樣說什麼枯木花重開在銕樹上端的是返魂香早超生向地藏王這陰德把什麼量俺小的這三箇螻蟻呵要報德把什麼償最難的是大海般世界狂瀾也誰似爺抵柱中流把灩澦當（旦）阜隸該保

的保了該放的放了（三人同叩頭謝介大呼云）顧他萬代公侯百年長壽五男二女七子團圓（外叩頭云）吏典也從不曾見爺這樣的神明

旦共笑參軍束帶忙、炎天大叫簿書狂、

當時若只供香案。只好坐看峨眉六月霜。同下

第四齣

傳言玉女（外扮周丞相上）要選乘龍、虎榜偶然得宋、若侍襄王定賽賦高唐夢、秦樓弄玉、誰好伴他騎鳳、端詳惟有、這箇門生共、老夫失偶多年素有向平五

岳之想所以誓不再娶止因前荊生有一男喚名鳳羽一女喚名鳳雛至今未曾婚嫁正在縈心向年偶知貢舉取了那黃崇嘏薦爲榜首如今見做司戶參軍他才學既是出群吏事又十分這等精敏他日必是遠到之器可恰好又不曾定妻我這女孩兒鳳雛年方二十小他三歲且喜他倒也伶俐端方古人重擇壻若果擇壻不與黃郎却與誰人我前日發下三椿疑難的事一試他訪得他都問過了今日必然來回我的話我可又要把文藝中事面試他代筆可不

把這女壻當面就選定了〔望時牌介〕如今已是辰牌了他怎麽還不來叫辦事官〔末扮辦事官上〕〔外〕去書房裡取黃參軍前日申文要拿那起做公的說干碍禁衛衙門須得我進過本若寫稿成了趂閑拿來我看〔末應下取上呈外看介〕〔旦同淨上〕

〔前腔〕日側休衙正好松間吟弄一紙紅帖又傳遞摠門縫今日馬頭向相府沙堤擁連忙回話前朝的牒送下官前日蒙相府發下三椿事來都已問明了不免得回話黃科這文書有些機密的說話在裡頭你

自拿去隨我進來見兩跪一揖遞文書介前日蒙老
師發下黃天知等三起事門生都問明了呈遞文書
回覆外都問明了好耶收上來起來皁隸閉了門參
軍到後堂坐坐旦又兩跪一揖坐介外看文書云這
三起事都問得絕妙理冤摘伏麼可也如神老夫前
日也有些疑所以上略審審就打了他的板可怎麼
得如賢友這般精細綁那婦人何等的奇把強盜唬
毛屠的妻子可乘此就搜了他的票兒何等的巧那
眞可肖蹤影兒也都沒處尋了耶可就在他自己身

上套出一箇不搭伴的眞情何等的這般敏捷張釋之治獄天下無寃民後來于定國民也自謂不寃非子而誰〔起揖介〕老夫可敬伏敬伏就照依賢友的問麼覆本發落就是了〔旦〕豈敢老師引進免責而已〔外〕昨日賢友申文要拿做公的與那瞧不實也依賢友寫本了叫黃老爺那人進來脫了圓領衙内去取箇攢盤俺們坐一坐參軍老夫恃愛下可還有幾件事見要勞賢友一勞〔旦〕不敢謹領命〔外〕我前面造了文翁與諸葛武侯的祠堂大門外的扁取做蜀天雙柱

文須一對門聯那楊雄王褒司馬相如譙周陳子昂李白杜甫杜便是流寓的人物了這七才子也共一箇祠堂扁便就取做七才子祠也着得一對門聯前面去訪卓文君琴臺少一箇詩扁又有一箇遠債我先世鄉中近日立木蘭的祠諸友可又來討上梁文起揖介這幾件可都要借光於賢友手下取筆墨過來旦老師尊命不敢不領只是當面這等妄誕便可眞是班門弄斧了容門生領去做了呈稿請教外你是倚馬之才正要當場一遲不要謙手下研墨先寫

大字起小厮拿大杯來酌三杯助興（旦）寫蜀天雙柱（介）（外）細看（介）

【梁州序】石銘瘞鶴，銀鈎作蠆。這兩種較量起來呵，畢竟楷書難大。子雲一字，專亭取桂，蕭齋誰似你。銅深款識，鐵屈珊瑚，幾撇斜披薤。（旦）寫七才子祠（介）（外）看（介）指尖尤有力，壓磨崕。絕稱泥金糝綠牌。（旦）龍韋誕成頭白，門生焉敢學王郎恠。題麟閣，還要了相公債。（外）多勞。（旦）望老師點化。（外）再要怎麼妙。小厮再進三杯，斟我的陪。有勞做二祠的門聯。（旦）做（介）寫（介）（外）看

念介文德武功照映錦江玉壘鼎分刀布低回碧草
黃鸝又念七才子聯介作者七人星聚文中龍虎兀
然千古雲橫天半峨嵋外又好眞可與七才子爭雄
前腔二賢遺愛七雄洸泒功德文章絕代許多豪傑
憑將四句題該越顯得梁間燕雀碑底竈螭都拱護
神靈在四楹金彩上定有瑞芝開叫小廝數一數這
兩聯多少字丑應云四十箇字外生奪却四十顆明
珠做挂壁釵旦這月露形風雲態門生這樣的歪對
句不過是小孩童圖夜散書堂快老師今日呵金谷

老借乞兒債外小廝再滿斟三杯送黄爺好等他發興做詩就絶句也罷旦做卓文君琴臺詩外念介寡鵠芳心不自持求凰舊事冷多時琴臺一夜山花血月上峨嵋叫子規外拍手大叫云妙不可當賢弟你就是撑着眞珠船一般顆顆的都是寶外

前腔琥珀濃未了三杯眞珠船(佳句)又來一載儼絲桐送嚮出墓田黄菜看音調這般凄楚呵眞箇是清明杜宇寒食棠梨愁殺他春山黛一堆紅粉瑰得你這一首詩呵恨不趁琴臺說什麼采石江邊弔古才旦老

詞宗令門生代。況文君自合吟頭白。因此上難下筆
險做了賴詩債。這遭該上梁文了外這四六一法是
你的長技旦寫介外看念介伏以藐然閨秀、描眉月
鏡之嬌突爾戎裝挂甲天山之險替父心堅似鐵秉
虎豹姿羞見女態從軍膽大如天換蓂莢歷十二
年移孝爲忠出清于濁雙兎傍地難迷離撲朔之分
八駿驚人在牝牡驪黃之外英靈振古壇廟宜新黃
金鑄雪骨冰肌紫氣駕雲鬟霧鬢芳蒐紅幟定依娘
子之軍碧水黃陵何忝夫人之廟棟梁伊始香火長

存〔外〕看畢云尤妙尤妙

〔前腔〕他從軍輩本是裙釵。你上梁文細描英邁。比曹娥孝女多一段切營攻寨。看他年朱欄字蘇黃絹碑陰。定賞殺中郎蔡。〔外〕替粧這樣大門面。只好了老夫。〔旦〕豈不壞了老師名頭。〔外〕紅羅新挂處誰不道豫章材。正好架百尺高樓把五鳳擡。〔旦〕門生呵眞醉矣。渾無奈。又騎着匹瘦馬向天街驀。何日了木蘭債。〔外〕怎麽說這箇話。〔旦〕門生醉了。纔那上梁文少六箇兒郎偉。可不就是少木蘭債一般。〔外〕上梁文一字千金。那

見郎偉不消也罷了【旦】轉身驚介云險些兒做出來
【對外云】門生果是大醉了敢斗膽告辭【外】你怎麼說
這樣敗興的話老夫也若不俗耶你敢是小看老夫
没有潤筆之資像如今人討白詩文的麼我有也我
已曾分付取四疋葡萄錦四疋燈籠錦四枚玉管薛
濤箋便没多了只有五十又收拾一大盒子青城山
的雪蛆好備你酒渴詩枯之用也再不要你做詩了
只管放心喫酒【旦】老師這般說門生便醉死也不敢
告辭了【外】若真醉了便我那小書房兒裡有一些些

大的箇花園兒我和你去散一散小厮叫厨下把那俗品不要來了只討些笋菜兒來好下酒（旦）到書房看花稱好（介）內作琴聲旦作聽（介）云老師那裡有人彈琴（外）哦這就是我的小女叫做鳳雛他從小而有些小聰明讀得幾行書也彈得幾曲琴又下得幾着棋子他不曉得俺們在這裡（叫介）小厮傳進去說有客在這書房裡賢友我那鳳雛可又因刺繡什麽花樣也漸漸的學畫得幾筆水墨花草翎毛（旦）這等說將起來明日就是箇曹大家與謝道蘊耶（外）羞死人

正是耶我聞得這三件是賢友的長技〔旦〕只是箇要子其實不高〔外〕小廝你傳進去叫取小姐的琴出來就把他的畫兒也拿一張出來與黃爺瞧一瞧〔丑〕取上送〔旦介旦看介云〕甚妙耶眞是寫意全沒一點那閨閣之氣〔外〕拿紙來央送黃爺畫一角見好拿與小姐做樣子〔旦〕這箇又是班門弄斧了〔外〕小廝斟一大杯跪着若黃爺不畫便你不要起來〔旦〕快起來門生就畫〔旦畫外看云〕果是高名不虛傳送進去小姐看拿琴過來一法了了我的夙願小廝拿酒過來照前

跪倒旦不必門生就彈做彈琴介外這調也像似鳳
求凰旦正是老師知道耶外說什麽司馬相如可惜
我衙裡沒一箇卓文君旦作驚悔介云門生果是醉
了或者打賭賽也還勉强得幾杯老師可容門生對
這麽一局可數着子兒奉老師的酒何如外好大話
你就筭定自家不輸了旦門生醉中失言可有罪了
該罰外也罷拿棋來可也只下一角見兩人不過四
十着圖快些着介外輸介旦老師該飲五杯門生代
兩杯外恠物恠物件件的高得突兀

【節節高】分明是楚陽臺九層階。一層高矣一層賽。琴天籟畫活苔棋吾敗這師生名分憑君賴。算來我合在門墻外。（旦）老師怎麼這般戲謔（外）你雲龍兩物一身兼。孟郊怎受得昌黎拜。（旦）又辭云云日側了（外）斟酒過來送黃爺

【前腔】你休辭日影歪。再三推。左右歸衙也了不得。文書債。煮園芹薤魚腦腮。餔薏稗。那葡萄疋錦。只好做囊詩袋。萬分酬不盡珠璣數。（旦）老師於門生這般擡價呵。譬如錦川片石有何奇。一時間僥倖得南宮拜。

門生這番眞告辭了〔外〕罷我也不淹留你了

〔尾聲〕你遇着簿書閑花月再興高時打着馬兒來我又試取烏鬼黃魚了這鐔琥珀醅〔旦〕謝別出〔介〕〔外〕叫官兒來把纔說的潤筆那些東西送到黃爺衙裡去〔末〕俸物〔介〕〔外〕低聲分付〔云〕我在書房裡等回話你就打梆進去〔末〕應〔介〕〔外〕虛下〔末〕送〔旦〕至門外禀〔介〕辨事官禀上參府老爺曉得俺丞相今日的酒麼〔旦〕這也不過是管待我詩文的意思有什麼曉不得〔末〕不是俺丞相爺有一箇小姐鳳雛未曾許配爺可仰慕參

府是一箇文學的魁星風流的佳壻極欲仰攀命辦事官宛轉傳達他說在書房裡緊等着回話望乞就賜尊裁旦大笑云可怎麼了可怎麼了也罷既然說我老師等着回話便我不免就這官廳裡寫幾句回話麼勞老辦替俺轉達末是謹領旦作下馬入廳寫介末喚淨云黃大官你把這些潤筆的東西一件件收下我可就要進去回話哩淨接介旦封詩付末介云有勞耶末不敢旦我崇嘏一向的遮掩呵似折戟沈沙鐵半銷老師呵你可該自將磨洗認前朝我呵

天元不曾許我做男子這就是東風不與周郎便小姐孤負了你且銅雀春深鎖二喬旦淨同下末打梆介外他怎麼說了末遞書云蒙爺分付辦事官這件事就依着爺的說話宛轉傳達與黃參軍黃參軍可就在門外官廳裡寫了這回話叫辦事官稟上爺外拆書讀介云一辯拾翠錦江涯貧守蓬茅但賦詩白着藍衫爲郡掾永抛鸞鏡畫蛾眉立身卓爾青松操秉志鏗然白璧姿相府若容爲坦腹願天速變做男兒外大驚云呀元來他是箇女身天下有這等奇事

這一樁姻緣就是湖陽公主一般事不諧矣也罷我鳳羽孩兒見應試科明日該挂榜了若是鳳羽得僥倖呵我就强他做箇媳婦管取他推不得我且暫打睡一覺聽早晨傳臚的消息（同末俱下）

第五齣

（旦上云）我昨日不想有這樁事遮又遮不得只得向東君漏洩了那一段梅香則纔那周大哥又報狀元及第我今日既該謝酒又該去拜賀可把什麼嘴臉去見這老師叫手下備馬我要到周爺那裡去（作上

馬介

（半叫鵪鴣）這馬兒忙我心兒懈只因把梅花忒漏得消息大（皁作高唱介）（旦）皁隸恐驚林外野人家你馬前喝道的休得要高聲賣（皁）到了（旦）下馬入官廳候介（外上）且喜孩兒鳳羽果報了狀元黃郎這箇媳婦不怕不是他的

（前腔）這報的忙我笑的懈重重喜事來得太孩兒與那崇㪉呵似兩顆珠一樣泣鮫人撒千金南市裡都擡着回回賣叫辦事官你與我快請黃參軍來（末）黃

參軍來謝酒又爲作賀在衙門外伺候多時了（外）怎麽不早說快請進來（末出請旦進介）（外）望見旦便詐云好耶你昨日上梁文說欠木蘭債我也疑這話元來你就是木蘭我如今要奏過朝廷問你箇欺君的罪（旦）纔跪云望老師包容始終天地之德（外）哄你起來作揖參軍如今可另有一箇題目要你做你可推不得（旦）豈敢（外）老夫因愛你文學麽與那爲人故此開了這一場口你如今既做不得女壻可做得我的媳婦麽況鳳羽僥倖是男狀元你是女狀元你是他

的先輩他是你的後輩這箇也粗粗對得過了若要包彈除非說我做宰相無能父子間文學又不濟消受你叫一聲公公丈夫不起這便也由你了（旦）又跪云老師這般說叫門生措身也無地了只是門生這一椿欺妄如今在老師面前站一時也羞不過若是做了媳婦却終身要奉侍公公這羞可怎麼羞得了（外）你且說那木蘭那等事是英雄們纔幹的可是榮不是辱你怎麼這沒顛倒見了我如今就要上箇本討一箇人替你那參軍天下都要聞知哩何況我公

公一人叫寫本的（小生扮寫本生上）（外）你就寫一箇本稿把這黃參軍的緣故連我要娶他爲大爺的媳婦這一段話也帶在上頭料聖上必允你送與李先生看過謄清就奏上罷我不閑也不消拿來看了（旦作羞態又跪云）說不得了門生謹領老師的尊命了（外）這般說你與我那女兒是姑嫂了耶（叫丫頭介）梧葉兒快叫小姐取過新禮服冠髻來與嫂嫂插帶妝粧待大爺回來就好成親（旦又跪云）老師忒倉猝了些另擇一箇日子罷（外）今日桂榜日子再要怎麼趓

今日定了這椿事省得你回去又番悔〔貼帶丫鬟奉粧物上相見介〕〔旦換粧介衆吹打迎生上〕〔生〕

〔前腔〕看挂名的怯落名的懈馬嘶金勒驕何太我杏園折得狀元紅這杏花一任他十字街頭賣〔生見外貼旦背立介生問云〕那是誰〔外〕你一向在殤前別館中這件事我不好差人來報你這箇就是你的通家兄弟黃參軍他元來是箇女身我纔是昨日要把你妹子招他爲壻他極了纔說出來〔生驚云〕天下有這等奇事如今又吹了粧怎麼〔外〕因他做不成女壻麼

我就改箇題目要配與你做箇媳婦他也推不得了
我就叫你的妹子幫他改了粧專待你來成親古人
說金榜題名洞房花燭今日却不是天然的妙合女
兒你就請嫂嫂過來拜親不要害羞（生）爹爹忒倉猝
了些改日罷（外）元來你兩箇一對兒都是這樣假乖
快拜叫賓相贊禮（中淨扮賓相上贊禮介）女狀元
和男狀元天教相府配雙鴛試看比翼青霄上一樣
文章錦繡翻（生旦交拜介中淨贊云云）雲母屏風燭影
深長河漸落曉星沉嫦娥應悔偷靈藥碧海青天夜

夜心生旦貼交拜介贊云荷葉羅裙一色裁芙蓉向
臉兩邊開亂入池中看不見聞歌始覺有人來外
畫眉序我當日總文裁孩兒與黃郎呵不過是座主
通家鴈行輩今日呵喜鰲頭交占與鳳侶同諧誰承
望桃李門墻翻奉侍舅姑耆艾衆合狀元罕有雌雄
配天教付女貌郎才生
前腔忝幕與吾儕當初呵本兄弟通家兩稱謂誰知
道假龍公尾銳隱蚌母珠胎今才識下月嫦娥還誤
認上科前輩生旦合狀元何處表雌雄配只爭箇紗

帽金釵旦

前腔非是我撒喬乖只為寒居忑蕭索期宮袍奪錦免門逕闢柴愧相公招跨鳳仙才惹蕭史做乘龍佳客生旦合狀元你我既雌雄配雙雙咏柳絮花魁貼

前腔快婿稱爹懷誰料叅軍亦吾輩總先生設席奈弟子弓鞋改新郎做嫂入廚房遣小姑為婆嘗羹菜旦衆合唱狀元險誤我你做雌雄配不笑殺了蝶使蜂媒中淨扮內相捧旨并諸賜物上俺奉蜀王爺的旨宣賜那女狀元和周丞相的乃郎新狀元成親俺

打着馬兒行來這就是丞相的宅子了不免進去宣
旨報介排香案介中入衆跪宣旨介皇帝詔曰、朕適
覽卿奏、此事特奇、及問婚期、乃即今夕、朕轉聞兩宮、
亦並驚喜、茲會旨合賜、濯錦江水所染鴛鴦段二十
疋眞珠十升、鳳凰一母將九雛紫玉簪一條八寶粧
金釵二股南粵翡翠千翎、助卿嘉舉、祟緞原職、便勅
銓除、以卿子鳳羽代之、緞可、朕嘉悅其奇、且念伊三
載奏最、可封夫人、秩三品、追比古懷清事例、加號奇
清君、歲給精粟百石、懿哉緞可、文學優長、吏事精敏、

久淹蓮幕已及瓜期選駿九方貴略馬于牝牡守貞十載誰知鳥之雌雄天上佳期人間好事狀元雙占爾既自致二難參郡交除朕特成其四美 中 欽旨向

外云 爺纔分付叫俺傳語丞相兩狀元代爲兩參軍這是四美 又宣介 故茲詔諭宜悉朕心謝恩 謝介 衆見中中略謔旦告辭外留中 中云 爺叫看成了親等着回話怎麼好稽留 外 這等便明日備小設薄禮謝勞罷 中 那裡要謝只要問你家的兩狀元討首號詩兒罷了 笑介中下 丑與淨取笑諢介 丑

滴溜子 難道女兒假粧男出外況二十年來又妙齡正當少艾竟保得沒些兒破敗。黃大官你緊跟隨怎地瞞必知大槩。我試問那海棠可依然紅在。淨喝介走放屁

鮑老催 你梅香憊賴把嫦娥做自己般看待。他可象你這般麼廚房中雜伴瓜和菜。梅香姐 丑 我不叫做梅香叫做梧葉兒 淨 梧葉姐你看我這老漢你就說眞是一箇漢子麼 淨 扯開胷膛露妳子與丑看介 我扳開領扯妳頭和伊賽。那小姐呵我從前乳哺三年

大休說道在家止許我陪他就路途中誰許箇男兒帶（外）那兩箇這般舞手舞脚的在那壁廂說些什麼子（丑）稟老爺緣來這箇黃大官也是箇嬀嬀纔梧葉見因見他妳頭大細問他他纔說出來（外）又添出一件古恠了你把他的話對我說看（丑）

滴滴金梧葉兒呵摸着他老蚌殼雙珠碍大得來果珍李上加脬柰他胷膛不彀挂兩隻㩜了當槳皮袋他說那小姐呵別無盛价在家出路都是他包代他是一箇鴛鴦樣占盡了奴儕（外）媳婦你過來再仔細

說這箇緣由梧葉兒說得不明白（旦）這媽媽元先呵

鮑老催是箇西隣粉黛來乳哺媳婦到初學拜不想俺椿萱都歸蒿薤（外）我到一向失問尊公是誰（旦）先人就是黃使君名喚做黃彥（外）耶元來是先輩名臣這老者死後你便怎麽就與那媽媽兒過活又怎麽相隨直到如今（旦）這媽媽也姓黃媳婦就叫他做黃姑與黃姑入深山似僧尼戒十年酬却詩書債從來相伴惟他在肯許箇蒼頭代（外向衆云）二十多年伴着一箇老婦人更見他徹底的澄清又是名臣的後

喬我一聞此語不覺要手舞足蹈〔外眾合向旦唱〕

〔雙聲子〕木蘭代。向邊榆塞。郎這箇黃令愛。〔向淨唱〕牡丹䴚須綠葉蓋。出這箇黃姑惟幇襯來。成文章伯。似天上謫下人間界。住織女黃姑。本銀河一帶。〔合〕

〔尾聲〕這姻緣真不歹。小可的動了龍顏喜色。誰信道繡閣金針翻是補袞才。

〔外〕辭凰得鳳今如此。〔貼〕坦腹吹簫常事矣。

〔生旦〕世間好事屬何人。〔淨丑〕不在男兒在女子。〔下〕

〔音釋〕跑上聲　龍上聲　二老蜀人呼舟子也社

詩長年三老遥憐汝　峩峕蜀人呼船然也

沾平聲　索音灑　脬音拋　瀟音鱉

長樂鄭振鐸藏書

ISBN 978-7-5010-7424-2
9 787501 074242 >
定價：80.00圓